献给每天都激发我勇气的可爱的家人。

每天，莉莉都照料着各种花花草草，蝴蝶在一边翩翩飞舞。

她与调皮的豆娘和蜻蜓比赛，帮助它们长出强壮有力的翅膀。

"这次我们赢定了，莉莉！"它们嗡嗡地叫嚷着。

有时她的朋友们会被困住或受伤，这让她很担心。
"谢谢你，莉莉。"小金鱼说。

在那些日子里，她紧紧抱着小绒球，低声说道：

"我会永远在这里，不必担忧和恐惧。
只要有池塘美人鱼在，一切都没问题。"

于是，她决定继续忙碌起来。

她飞快地游来游去，到处帮忙。她那颗小小的心里充满了对朋友们的爱。

她把鱼儿们引向一个安全僻静的角落。"我们会没事的，莉莉！"它们宽慰莉莉，让她放心。

她仔细检查了一遍，确保小绒球一家藏入了它们温暖舒适的木屋中。

当她缓缓地下沉到岩石底部时，她想起了小绒球，想起了那些翩翩飞舞的蝴蝶和调皮的蜻蜓，想起了小金鱼。

这时她感到，一丝小小的勇气，如同闪烁的火焰般，在她的心中越烧越旺……

于是，大家行动起来。翠鸟拍打起它们的翅膀，鱼儿摇起它们的尾巴。

Copyright © 2023 Lucy Fleming

Published by arrangement with Walker Books Limited, London SE11 5HJ

Simplified Chinese translation copyright © 2024 by China Translation & Publishing House

All rights reserved. No part of this book may be reproduced, transmitted, broadcast or stored in an information retrieval system in any form or by any means, graphic, electronic or mechanical, including photocopying, taping and recording, without prior written permission from the publisher.

**图书在版编目（CIP）数据**

池塘美人鱼 /（英）露西·弗莱明著、绘；巴扬译
．— 北京：中译出版社，2024.8
书名原文：Lily, the Pond Mermaid
ISBN 978-7-5001-7846-0

Ⅰ．①池… Ⅱ．①露… ②巴… Ⅲ．①儿童故事—图画故事—英国—现代 Ⅳ．①I561.85

中国国家版本馆 CIP 数据核字 (2024) 第 075805 号

**著作权合同登记号：图字 01-2023-3372 号**

**池塘美人鱼**
CHITANG MEIRENYU

| 策划编辑：封裕 | 责任编辑：张猛 |
|---|---|
| 封面设计：王颖会 | 内文排版：付嘉豪 |

出版发行：中译出版社
地　　址：北京市西城区新街口外大街 28 号普天德胜大厦主楼 4 层
邮　　编：100088
电　　话：（010）68359827，68359303（发行部）；（010）62058346（编辑部）
电子邮箱：book@ctph.com.cn
网　　址：http://www.ctph.com.cn

印　　刷：北京博海升彩色印刷有限公司
规　　格：889 毫米 × 1194 毫米　1/12
印　　张：$2\frac{1}{3}$
字　　数：30 千字
版　　次：2024 年 8 月第 1 版
印　　次：2024 年 8 月第 1 次

ISBN 978-7-5001-7846-0　　　　定　　价：52.80 元

版权所有　侵权必究
中　译　出　版　社